走出课本系列

名胜古迹里的古诗词

夫子 主编

卷一 横看成岭侧成峰

主　　编：夫　子
编　　委：范　丽　雷　蕾　刘　佳　毛　恋
孙　娟　唐玉芝　邱鼎淞　王　惠
吴　翩　向丽琴　晏成立　阳　倩
叶琴琴　曾婷婷　张朝伟　钟　鑫
周方艳　周晓娟
绘　　图：许炜挚　奇　漫

山东教育出版社
·济南·

图书在版编目（CIP）数据

名胜古迹里的古诗词.卷一,横看成岭侧成峰/夫
子主编.—济南:山东教育出版社,2023.4
（走出课本系列）
ISBN 978-7-5701-0573-1

Ⅰ.①名… Ⅱ.①夫… Ⅲ.①古典诗歌—诗歌欣赏—
中国—通俗读物②名胜古迹—中国—通俗读物 Ⅳ.
① I207.2-49 ② K928.7-49

中国国家版本馆 CIP 数据核字 (2023) 第 065189 号

责任编辑：刘卫红　原　岱
责任校对：舒　心
装帧设计：书虫文化　倪璐璐　杨绍杰
插图绘制：许炜挚　奇　漫

ZOU CHU KEBEN XILIE
MINGSHENG GUJI LI DE GU SHICI　JUAN YI　HENGKAN CHENGLING CECHENGFENG
走出课本系列

名胜古迹里的古诗词　卷一　横看成岭侧成峰　　夫子　主编

主管单位：山东出版传媒股份有限公司
出版发行：山东教育出版社
　　　　　地址：济南市市中区二环南路 2066 号 4 区 1 号
　　　　　邮编：250003　电话：（0531）82092660
　　　　　网址：www.sjs.com.cn
印　　刷：山东新华印务有限公司
版　　次：2023 年 4 月第 1 版
印　　次：2023 年 4 月第 1 次印刷
开　　本：787 mm×1092 mm　1/16
印　　张：7
印　　数：1—30000
字　　数：100 千
定　　价：45.00 元

（如印装质量有问题，请与印刷厂联系调换）
印刷厂电话：0538-6119360

前　言

　　我们的祖国是有着悠久历史和灿烂文明的伟大国家，在这片广阔的大地上，有无数优美的风景，还有很多古代人文遗迹。它们遍布祖国的大江南北，承载着中华民族博大精深的历史文化。而和它们相得益彰的，是一群才华横溢的诗人和他们的诗词。

　　名胜古迹经历了数千年的岁月，在这些时光里，它们令历朝历代的文人墨客为之神往。他们或瞻仰，或缅怀，或寄情，留下了一首首传诵千古的诗词。他们看山写山，看水写水，笔下的诗词中却并不只有山水，还有心情，有道理，有历史，有人生。他们就像旅行家，写下的诗词便是一篇篇游记。

　　这些诗词中，有许多诗句重现了千百年前名胜古迹的风采，也记录了诗人们当年游览名胜古迹时的感受和心情。他们用奇特的夸张、瑰丽的想象、灵动的比喻描绘美景，尽情地抒发情怀。比如，在诗人李白的眼中，"黄河之水天上来"，而庐山的瀑布则是"疑是银河落九天"，气势恢宏极了；要问苏轼眼中的西湖有多美，读一读"欲把西湖比西子，淡妆浓抹总相宜"，你定了然于心；是谁在何处吟道"出师未捷身先死，长使英雄泪满襟"？那是站在武侯祠前满腔忧愤的杜甫……

读到如此优美瑰丽的诗句，你是不是也想背上行囊去看看这些名胜古迹呢？

读万卷书，行万里路。《名胜古迹里的古诗词》这套书将化身为你的贴身导游，用精美的图画为你展示名胜古迹的各处景点，用漫画和文字为你解说有关它们的历史内涵、神话传说、地理特征、建筑构形、风俗人情等，让你足不出户，就能在阅读中体验到宛若"行万里路"的旅行乐趣。书中还有与每处名胜古迹相关的诗词，与景点相结合，更能帮助你读懂诗词中的深意。当然，如果你决定外出寻访名胜，这套书也是你走出家门、踏上旅途的优质同伴。

这套书可谓"书中有画，画中有诗"，阅读它，你既能欣赏名胜，又能积累古典诗词，岂不是一举两得吗？

目录

泰山

加油啊，马上就到了！

泰山日出，我们来了！

幸好买了登山杖，轻松多了。

这么陡的台阶，好难爬啊！

泰山有三个十八盘之说。从开山到龙门是"慢十八"，再到升仙坊是"不紧不慢又十八"，又到南天门是"紧十八"。十八盘岩层陡峭，是登山盘路中最险要的一段。

泰山位于山东省泰安市，号称"五岳之首""天下第一山"，是世界文化和自然双重遗产，也是世界地质公园，这里保留了很多珍贵的地质遗迹和人文景观，如三叶虫化石、岱庙等。在泰山山顶可观赏"旭日东升""云海玉盘"等奇观。

黄河金带

泰山风景优美，登上山顶之后，能欣赏到"旭日东升""云海玉盘""黄河金带"等自然奇观。其中，关于"黄河金带"，清代诗人袁枚在《登泰山》中有生动的描写："一条黄水似衣带，穿破世界通银河。"观赏这样的奇景，最好是黄昏时分。那时，从泰山顶端向远处眺望，越过一层一层的山峰，能看到西北边的黄河反射着余晖，波光闪烁，好像一条金色的飘带闪闪发光。

> 黄河就像是一条金黄的衣带，从世间通向银河！

石刻书法

据考证，泰山地区从远古时代起，就有人类活动了，是东方文化重要的发祥地。历代很多文人墨客都曾慕名来到这里，并留下自己的墨宝。在泰山，留存下来的石刻就有上千处，其中包括泰山无字碑、唐玄宗御书《纪泰山铭》石刻、泰山经石峪《金刚经》石刻等。

岱庙

岱庙位于泰山南麓，最早建于汉代，后来进行过多次扩建和修整，是历代帝王举行封禅大典或者祭祀泰山神的地方。庙内有许多古树名木，其中"汉柏""唐槐"最为著名。汉柏据说是汉武帝亲手所植，而唐槐则相传是唐朝时种植的，它们是岱庙中极具特色的景物。现在，岱庙是全国重点文物保护单位，里面保存了很多珍贵的文物。

榜上有名

屹立在齐鲁大地的泰山，不仅有壮观的自然景色，还有悠久深厚的文化底蕴。自古以来，泰山的人气很高，名气也很大，有"登泰山，小天下"的美誉。许多名人都曾登上泰山，留下足迹，还把它写进诗文里，广为流传。

排行榜

《望岳》	杜 甫
《登泰山》	张养浩
《泰山吟》	谢道韫

望 岳

古代文人大多喜欢寄情于山水，登山成了他们的休闲运动之一。泰山作为名山，肯定有很多人"光顾"。唐开元二十三年（735），杜甫在洛阳参加进士考试，结果落榜了。第二年，他开始到处旅游，也去了泰山。他被泰山磅礴的气势所触动，就写了一首《望岳》抒发情怀。

杜甫

泰山真雄伟啊！

岱宗夫（fú）如何？齐鲁青未了（liǎo）。

造化钟神秀，阴阳割昏晓。

荡胸生曾（céng）云，决眦（zì）入归鸟。

会当凌绝顶，一览众山小。

岱宗： 指泰山。

夫： 句首发语词，强调疑问语气。

如何： 怎么样。

齐鲁： 春秋时期，齐鲁两国以泰山为界，齐国在泰山北，鲁国在泰山南。

青未了： 指郁郁苍苍的山色无边无际。

造化： 大自然。

钟： 聚集。

阴阳： 阴指山的北面，阳指山的南面。这里指泰山的南北。

割： 分。泰山很高，在同一时间，山南山北仿佛早晨和晚上，是夸张的说法。

昏晓： 黄昏和早晨。

荡胸： 心胸震荡。

曾： 同"层"，重叠。

决眦： 张大眼睛。决，裂开。眦，眼角。

会当： 终当，定要。

凌： 登上。

译 文

　　泰山究竟是怎样的呢？它横跨齐鲁，苍翠的山林无边无际。大自然在这里汇聚了神奇秀丽的景象，高峻的山峰把南面和北面分成早晨和傍晚。望着那升腾的层层云气，胸怀得到洗涤；睁大眼睛远望飞回山中的鸟儿，眼角睁得好像要裂开了。我一定要登上泰山的顶峰，俯视周围变小的群山。

杜甫（712—770），字子美，自号少陵野老。他是唐代伟大的现实主义诗人，因为忧国忧民，所以写的很多诗都反映了百姓生活的艰难困苦。杜甫的诗歌对后世影响深远，他被后人尊称为"诗圣"，而他的诗被称为"诗史"。后人将他与浪漫主义诗人李白合称为"李杜"。

赏析 面对泰山，杜甫很受震撼，他忍不住用诗句赞美泰山高大巍峨的气势和神奇秀丽的景色，字里行间洋溢着祖国山河的热爱。从中我们也看到了诗人不怕困难、勇登顶峰、俯视一切的雄心和气概。

拓展延伸

◉ 泰山的代称

诗中为什么把泰山叫"岱宗"呢？在古籍中，泰山常以不同的名称出现，如岱山、岱宗、岱岳、东岳、泰岳。为什么它会有这么多的名字呢？这还要从汉字的演变说起。由于同音字的引申和同义字的演变，

"太""泰""代""岱""岳"等字有了变通,就出现了"泰山""岱山""岱岳"等说法。而"泰山"这个名字最早出现在《诗经》中。

◉泰山与封禅祭祀

古人有祭拜山河神明的习惯。泰山作为一座名山,自然也受到人们的祭拜。历代有不少君王在登上皇位后,朝拜泰山,祈求得到护佑。据记载,从秦朝以来,在泰山封禅祭祀的皇帝有很多,如秦始皇嬴政、汉武帝刘彻、汉光武帝刘秀、唐高宗李治、唐玄宗李隆基、宋真宗赵恒等。封禅,封为"祭天",禅为"祭地",是古代帝王祭祀天地的典礼。因此,泰山逐渐变成国家昌盛安定、民族团结的象征,还有"泰山安,四海皆安"的说法。

《宋真宗坐像轴》〔宋〕佚名

007

登泰山

在元代，有个年轻的诗人也和杜甫一样，带着年少的浪漫与激情，来到了泰山，还写了《登泰山》一诗。他叫张养浩。张养浩年少成名，年纪轻轻就在朝廷担任各种官职。写《登泰山》这首诗的时候，他刚踏入仕途，朝气蓬勃，对人生抱有积极昂扬的心态。

风云一举到天关，快意平生有此观。

万古齐州烟九点，五更沧海日三竿。

向来井处方知隘(ài)，今后巢居亦觉宽(cháo)。

笑拍洪崖咏新作，满空笙(shēng)鹤下高寒。

注 释

烟九点：形容泰山烟云缭绕，山峰耸立。化用李贺《梦天》诗句："遥望齐州九点烟。"

井处：指居住的地方狭窄。

隘：狭窄。

洪崖：山名，位于江西省新建县。传说上古仙人洪崖在这里得道成仙，山下有一口炼丹井，名叫崖井。

满空笙鹤：传说仙鹤从天而降，仙人乘鹤在笙乐声中升天而去。

高寒：指天上仙人住的地方。

译 文

微风和煦，白云悠悠，我一口气登上了南天门，这一生能有这样美好的游览经历，真是让人开心。终于看到了古老的奇观"齐烟九点"，也欣赏了壮丽的泰山日出。以前我居住在狭窄封闭的地方，见识浅薄得如同井底之蛙，今后就算是住在鸟窝里，也觉得海阔天空了。我一边拍着洪崖仙人的肩膀大笑，一边唱起新歌，天上的鹤在笙乐声中来到泰山。

诗人介绍

张养浩（1270—1329），字希孟，元代名臣、文学家。张养浩自幼接受了良好的教育，再加上他勤奋刻苦，所以在年少时就崭露头角。后来，他去当时的都城大都谋求官职，受到了朝中官员的赏识和引荐。在任职期间，他尽职尽责，敢于正直进言，得到了皇帝的赞赏。张养浩在创作《山坡羊·潼关怀古》这首散曲时，陕西一带正遭遇旱灾，他被朝廷派往陕西任职。到任后，他心系百姓，把家中钱财用来救济灾民，不久便因劳累过度去世了。张养浩的诗文题材广泛、语言优美精炼，内容多反映现实政治和民生疾苦。《山坡羊·潼关怀古》是他最具代表性的散曲作品。

在高大的泰山面前，诗人感觉到了自己的渺小，他反省自身，提醒自己要胸怀宽广，登上高处，去成就崭新的自我。全诗写登泰山，其实记叙了诗人一次新鲜、壮美的人生体验，展现了他昂扬进取的精神风貌。

拓展延伸

● 李贺与"齐烟九点"

李贺是唐朝有名的浪漫主义诗人，"诗鬼"说的就是他。他写的诗大多想象丰富，引人遐想。《梦天》是李贺想象自己游览月宫写下的诗作，其中有一句是"遥望齐州九点烟"，意思是，在月宫中遥望中国九州（《尚书》中有将中国划分为九州的记载），就像九点烟尘在浮动。

近大远小，要是在月亮上看九州，应该就像九点烟尘一样吧？

◉泰山日出

　　诗人在泰山上不仅看到了"齐烟九点"的奇观，还欣赏了泰山壮观的日出景象。在黎明时分，站在泰山顶峰，眺望东方，看着晨曦从灰暗变成淡黄，又逐渐变成橘红。随后，漫天的彩霞与地平线上的云海融为一体，交相辉映。太阳从浮光跃金的云海中冉冉升起，金光四射，瞬间染亮了周围的山峰。这壮观神奇的泰山日出，从古至今，吸引了无数游客前往观看。

泰山日出

◉ "井处""巢居"有什么含义？

　　看到"井处"这两个字，我们会联想到"坐井观天"的故事，因为处在井底，处境狭窄，就会见识浅陋。"巢居"曾出现在《庄子·盗跖》中，书中有"古者禽兽多而人少，于是民皆巢居以避之"的句子，原指原始人类栖息在树上。"井处"地势低，而"巢居"在高处，诗人登泰山居高临下，俯瞰脚下，感觉天地宽阔，自然想到"巢居"与"井处"的高下之分。这其中蕴含了"登得高，看得远"的道理。

泰山吟

魏晋南北朝时期，朝政混乱，王室和大士族之间争斗不断，整个社会动荡不安。晋安帝隆安三年（399），孙恩攻破了会稽，并杀害了会稽太守王凝之。王凝之的妻子谢道韫在丈夫死后，独自身处乱世，她想去山林中隐居，颐养天年，于是写下了这首《泰山吟》。

什么时候能搬去泰山呢？

谢道韫

峨峨东岳高，秀极冲清天。

岩中间虚宇，寂漠幽以玄。

非工复非匠，云构发自然。

器象尔何物？遂令我屡迁。

逝将宅斯宇，可以尽天年。

注释

吟：一种诗体名。

峨峨：高峻的样子。

东岳：指泰山。

清天：天空。

岩：山崖。

间：分隔。

虚宇：指天地万物。

寂漠：寂寞，寂静。

云构：形容房屋结构的高大壮丽。

发：出自。

器象：物象。

屡迁：指思绪波动不定。

逝：通"誓"，发誓。

宅斯宇：指隐居于泰山。

天年：指人的自然寿命。

译文

　　泰山雄伟又高大，灵气秀美直冲向青天。山上的山岩洞穴就像是天然分隔好的空旷宅院，环境寂静又幽远。这一定不是人间的工匠制造出来的，而是大自然打造出的高阁楼宇。变幻莫测的风云气象到底是什么呢？竟然让我的思绪波动不定。我要离开繁杂混乱的俗世，到泰山过恬静安闲的生活，安享晚年。

诗人介绍

　　谢道韫，东晋时期诗人。她出身于名门望族，父亲是安西将军谢奕，叔叔是东晋名士谢安。她的丈夫也出身于名门，是东晋书法大家王羲之的儿子。谢道韫从小就聪颖多才，能言善辩，丝毫不逊色于家族中的其他子弟。后来，在战乱中，她的丈夫和孩子都被杀害，她率领侍女奋勇杀敌，被俘后坚贞不屈，之后被释放，回到家乡会稽隐居。谢道韫的诗文留存下来的不多，代表作品有《咏雪》《泰山吟》等。

赏析　在人生遭遇困境坎坷的时候，谢道韫面对雄伟的泰山，感叹岩洞的神奇和大自然的神秘莫测，并且决心到泰山隐居。这不仅是对泰山的赞美，也表现了诗人热爱大自然、希望远离俗世纷争的愿望。

拓展延伸

● 咏絮之才

诗人谢道韫是东晋名士谢安的侄女。她小的时候，有一次下大雪，谢安把家族中的孩子们叫到一起，指着茫茫大雪问："飘落的白雪像什么？"

侄儿谢朗说："撒盐空中差可拟。"随后，谢道韫说道："未若柳絮因风起。"谢安听后，连连夸赞她。谢道韫把飞雪比喻成柳絮随风飘落，成就一段吟诗偶得的佳话。"咏絮之才"这个典故也被后人津津乐道。

● 泰山溶洞

在这首诗中，诗人说泰山的溶洞就像大自然建造的房屋，比喻很贴切。在地壳变动和溶蚀作用下，泰山上产生了许许多多的溶洞，形成了奇特的景观。在泰山地下大裂谷，有亿万年形成的喀斯特溶洞群。溶洞里的钟乳石形态独特，千奇百怪，有石花、石柱、石塔、石笋、石瀑等，令人叹为观止。

● 泰山的气候

诗人在诗中透露出打算去泰山隐居的愿望。如果住在泰山上，会有什么样的体验呢？1月时，泰山山上一般在零下几度；7月时，山上平均气温则在18℃左右。山上的夏天、秋天像春天一样舒适，而冬天气温低，结冰期长达五个月。

在泰山，春天可以看到漫山争奇斗艳的春花；而在夏秋时节，云雨变幻，可以观赏群峰如黛，茂林飞泉；冬天则能欣赏到晶莹如玉的雾凇。

览胜手记

岱庙不愧是文化圣地，这儿的游客可谓人山人海。我们从正阳门进去后先去了城墙，又去了汉柏院。在汉柏院里，有五株古老的柏树，相传它们还是汉武帝东封的时候种下的。这么古老的大树肯定是景区的"大明星"了，怎么能错过合影的机会呢？

来到泰山脚下，我迫不及待要展示我登山的本领和热情了。一路上，我脚步轻快，欣赏着山中秀美的风景。不过泰山的十八盘真不是浪得虚名啊！走了一盘又一盘，十分考验人的体力。但我是不会退缩的，因为我的目标是爬上泰山顶，"会当凌绝顶，一览众山小"，观赏美景。

我们沿着山路慢慢地走着，两旁的树木长得高大茂盛，像一把把大伞，为游客提供了大片大片的阴凉，即使天气酷热，一路上也很凉爽。身边的植物种类也十分丰富，生机勃勃，这得益于泰山湿润的气候。我呼吸着清新的空气，听到鸟儿在放声高歌。突然，"哗啦""哗啦"的声音传来，我寻声过去一看，原来是瀑布啊！瀑布直泻而下，十分壮观。靠近观看，细小的水雾就飘到了我的脸上，凉凉的，很舒服。周围还有被泉水滋润的小花小草，水中的鱼儿也悠闲自得。原来，高峻雄伟的泰山还有如此清秀的一面，难怪诗人会夸赞它"峨峨东岳高，秀极冲清天"呢！

庐山位于江西省庐山市，别名匡山、匡庐，有"匡庐奇秀甲天下"的美誉。代表景点有三叠泉瀑布、仙人洞、花径、爱莲池、观音桥等。庐山是首批国家级风景名胜区，被列为世界文化遗产。

三叠泉瀑布，被誉为"庐山第一奇观"。春末夏初时水量较大，能看到飞流直下的瀑布，是观赏三叠泉的最佳时机。

飞流直下三千尺，疑是银河落九天！

瀑布的声音真大！

是啊。你看，潭水也很清澈！

站在这儿真凉快！

庐山云雾

如果你去庐山旅游，那一定不要错过庐山的一大奇景——云雾。庐山的云雾一年四季都能观赏到，这得益于它独特的地形和气候。从地形上来看，庐山位于盆地，四面山岭围绕，东边靠近鄱阳湖，北边临近长江。从大江大湖中蒸腾的大量水汽，涌向庐山，使得庐山的水汽充裕，并与空气中的尘埃结合成小水滴，这就形成了神奇美丽的云雾。

虽然庐山的云雾四季都有，但一般夏季多，秋季少，而且各有特点。在春夏之交，水汽多，季风变换，天气变幻莫测，因此，山峰经常被诡谲奇特的云雾笼罩。夏季云雾多在山顶，冬季云雾常聚集在山腰，因为冬季水汽凝结的位置低于夏季，云层的位置也低于夏季。

庐山的云雾出没无常，使得山峰忽隐忽现，给人一种缥缈的感觉。云雾密集时，能瞬间弥漫山谷，笼罩山峰，距离很近的东西都看不清楚。受峡谷地形的影响，庐山还有一种"雨自下而上"的自然现象——当从峡谷向上吹的风力大于水滴往下降的重力时，水滴就会随风往上飘。是不是很神奇呢？

庐山云雾

白鹿洞书院

白鹿洞书院位于庐山五老峰南麓，与湖南长沙的岳麓书院、河南商丘的应天书院、河南登封的嵩阳书院，合称"中国古代四大书院"。相传在唐朝时期，一个叫李渤的人来到此处隐居读书，养了一只很有灵气的白鹿，远近闻名。因为他隐居的地方地势低凹，俯视好像一个洞，于是取名"白鹿洞"。后来李渤被任命为江州刺史，修建了白鹿洞书院。到了宋朝，理学家朱熹修缮了白鹿洞书院，哲学家陆象山也来白鹿洞书院讲过学。在这些学者的苦心经营下，白鹿洞书院有了很大名气。

爱莲池

莲 花

爱莲池，位于庐山南麓，是北宋周敦颐担任南康知军时赏莲、写莲的地方，距今已有近千年的历史。周敦颐写下的脍炙人口的散文《爱莲说》历来为人传诵，其中"出淤泥而不染"一句成为千古名句。爱莲池呈长方形，池中种植着"可远观而不可亵玩"的莲花。盛夏的时候，漫步于莲池之畔，微风徐徐，清香扑鼻，令人心旷神怡。

《莲舟新月图》（局部）［元］佚名
（依据北宋著名理学家周敦颐的《爱莲说》而画）

水陆草木之花，可爱者甚蕃。晋陶渊明独爱菊。自李唐来，世人甚爱牡丹。予独爱莲之出淤泥而不染，濯清涟而不妖，中通外直，不蔓不枝，香远益清，亭亭净植，可远观而不可亵玩焉。

——《爱莲说》

周敦颐认为，水上、陆地上那些草本木本的花，值得喜爱的有很多。晋代的陶渊明唯独喜爱菊花。从李氏唐朝以来，一般人都喜爱牡丹。我唯独喜爱莲花从淤泥中生长却不被污染，经过清水的洗涤而不显妖艳。它的茎中间贯通、外形挺直，不生枝蔓。香气传得越远越显得清新，它笔直洁净地立在水中。人们可以远远地观赏它，却不能轻易地玩弄它。

庐山入画

庐山自古以来名气很大，有很多画家来此观光写生。明代的画家沈周曾画了一幅《庐山高图》，送给他的老师陈宽作为祝寿礼物，画作以庐山的巍峨壮观赞誉老师人品学识的崇高博大。此外，还有明代的画家唐寅创作的《庐山图》，清代的高其佩创作的《庐山瀑布图》，等等。

榜上有名

庐山的风景如诗如画，千百年来吸引了无数文人墨客来此处留下诗词歌赋。从历代流传下来的歌咏庐山的文学作品中，我们能读到不少精品佳作。

《庐山高图》［明］沈周

排行榜

《望庐山瀑布》	李　白
《大林寺桃花》	白居易
《题西林壁》	苏　轼
《湖口望庐山瀑布泉》	张九龄

望庐山瀑布

　　向来喜好游览山河的大诗人李白，曾多次来到庐山游玩。面对风景秀丽奇伟的庐山，李白对它赞美有加，诗兴大发，写了很多佳作。《望庐山瀑布》是其中非常有代表性的一首。

日照香炉生紫烟，

遥看瀑布挂前川。

飞流直下三千尺，

疑是银河落九天。

香炉：指香炉峰。

紫烟：指日光透过云雾，远望像紫色的烟云。

遥看：从远处看。

挂：悬挂。

川：河流，这里指瀑布。

直：笔直。

三千尺：形容山高。这里用了夸张的写作手法。

译 文

在阳光的照射下，香炉峰上升起了缕缕紫色的烟霞，从远处观赏瀑布，好像白绢悬挂在山前。瀑布从高高的山崖上飞腾直落，好像有几千尺长，让人忍不住怀疑是银河从天上一泻千里，来到了人间。

诗人介绍

李白（701—762），字太白，号青莲居士，唐代伟大的浪漫主义诗人。他爽朗大方，爱交朋友，代表作有大家熟知的《望庐山瀑布》《早发白帝城》《行路难》《将进酒》等。李白的诗作给人一种豪迈奔放、飘逸若仙的感觉，据说唐代诗人贺知章看了李白的《蜀道难》后，还称赞李白为"谪仙人"，就是把他比作天上下凡的"仙人"。因此，后人就称李白为"诗仙"。

在李白的这首诗中，庐山的瀑布奇伟壮观，还有一种朦胧美。特别是诗的后两句用夸张的比喻和浪漫的想象，描绘出了庐山瀑布的气势和形象。诗句不仅展现了瀑布的雄奇壮丽，也流露出诗人对祖国山河的赞美和热爱。

拓展延伸

◉香炉峰

在庐山，叫香炉峰的山峰有四处。李白诗中"日照香炉生紫烟"的香炉峰是位于庐山南麓的南香炉峰，它是庐山秀峰中一处很有名的山峰。秀峰包括了众多千姿百态的山峰，除了有紫烟萦绕的香炉峰，还有像鸣鹤飞翔的鹤鸣峰、直插天际的双剑峰、像娟娟秀女的姐妹峰等。

● 三叠泉瀑布

庐山瀑布群是中国最秀丽的十大瀑布之一，包括三叠泉瀑布、石门涧瀑布、王家坡双瀑和玉帘泉瀑布等，而三叠泉瀑布是其中最为壮观的。三叠泉瀑布的水一路流经大月山、五老峰背面、北崖口，最后像下楼一样，依次注入第一、二、三阶大盘石，就这样形成了三叠，所以名为"三叠泉瀑布"。

不同于最早被发现的石门涧瀑布，三叠泉瀑布到了宋代才被砍柴的人发现。尽管发现的时间晚，但三叠泉瀑布后来居上，一跃成为"庐山第一奇观"，甚至还有"不到三叠泉，不算庐山客"的说法。

庐山高上插天
瀑布千尺飞
其颠劈开玉峡
白龙走空濛万
古生云烟七十
老翁戏作杏
不用霜毫用十
指丈山尺树都
不论壁间彷
绯流赛水

宝亲王长春居士题

《庐山瀑布图》 [清] 高其佩

025

大林寺桃花

　　唐宪宗元和十二年（817）四月的一天，白居易和他的朋友们相约来庐山游玩。他们登上香炉峰，又借宿在大林寺。大林寺建在山高地深之处，人迹罕至，寺中的桃花像二月份那样开得正盛。白居易对这番景象感到欣喜，诗兴大发，写下了这首七言绝句《大林寺桃花》。

人间四月芳菲尽，

山寺桃花始盛开。

长恨春归无觅处，

不知转入此中来。

注 释

大林寺：在庐山大林峰。

人间：指庐山下的平地村落。

芳菲：盛开的花，泛指花草繁盛的阳春景色。

尽：凋谢，落败。

长恨：常常惋惜。

春归：春天过去了。

觅：寻找。

不知：想不到。

此中：指这深山的寺庙里。

译 文

四月里，庐山下的平地村落里，百花早已凋零，这大林寺中的桃花却才刚刚盛开。我常常因为春光逝去无处寻觅而感到惋惜，却没想到它转到了这里。

诗人介绍

白居易（772—846），字乐天，号香山居士，唐朝著名诗人，有"诗魔"和"诗王"的称号。他的诗作内容涉及各种题材，形式多样，语言通俗，《长恨歌》《卖炭翁》《琵琶行》等是他的代表作。白居易与元稹等人倡导了新乐府运动，影响了后世文人的诗歌创作。唐宪宗元和十年（815），白居易因得罪当权者而被贬为江州司马，后又被调去杭州、苏州等地任刺史。他虽然仕途并不顺利，但始终能够心系百姓。晚年的他寄情山水，过着闲适的生活。

在繁花落尽的时节，白居易来到大林寺，意外遇上了一片美艳动人的桃花，让原本为春光逝去而遗憾的诗人感到惊异、欣喜。全诗把春光描写得具体形象，生动可爱，读起来趣味横生。

拓展延伸

◉ 大林寺

大林寺位于大林峰上，是古时非常有名的佛教胜地，历史上经历多次毁坏、重建，最终没能保存下来。相传，大林寺周围种了许多花木果树，西侧还有两株从西域传来的娑罗树。明代的袁宏道曾写下《大林寺宝树》的诗作，诗句"铁干铜肤四十围""涂云抹月空山里"描述了树木高干巨枝、亭亭如盖的景象。

哇，好大的宝树啊！

◉ 花 径

大林寺虽然难寻踪迹了，但白居易吟咏《大林寺桃花》时漫步的花径还在。花径，位于庐山牯岭西谷，因为地处高山深谷，气候与庐山下差别很大。暮春时分，庐山下的桃花都已凋谢，而此处的桃花却含苞待放，好似还在早春二月。据传，当时的白居易被眼前的春色深深吸引，感慨万千，赋诗《大林寺桃花》。此后，白居易赏桃花的这个地方就被人们称为"花径"。

◉ 桃花与意象

说到春天开放的花儿，桃花必定是大家熟悉的一种了。这种俏丽的春花自古以来就备受人们的关注和喜爱。古代文人把桃花写进诗文，并赋予其丰富的文化内涵：有时桃花担任春天的使者，表现诗人热爱春天的心绪；有时桃花成为美人的化身，展现女子的娇媚；有时桃花又变成桃花源的意象，表达诗人隐逸的情怀。

白居易在大林寺看到桃花，把它写进诗中。实际上，诗人是用具体的事物——桃花，来代指抽象的春光，把春光写得具体可感，鲜活可爱。

桃 花

题西林壁

北宋时期，大文豪苏轼因为"乌台诗案"被贬到黄州做了团练副使，在黄州待了几年后又改迁汝州。在赶往汝州途中，他经过九江，于是和朋友一同游览庐山。庐山的美景激起了苏轼的诗兴，他作了不少庐山记游诗，《题西林壁》就是其中非常有名的一首。

> 时间还够，咱们去庐山看看！

苏轼

横看成岭侧成峰，

远近高低各不同。

不识庐山真面目，

只缘身在此山中。

注释

题西林壁： 写在西林寺的墙壁上。

横看： 从正面看。

不识： 不能辨别。

真面目： 指庐山真实的样貌。

缘： 因为，由于。

此山： 指庐山。

译文

从正面看庐山，它是连绵起伏的山岭；从侧面看庐山，它是高高耸立的山峰。从远处、近处、高处、低处看，它分别呈现不同的样子。之所以不能辨别庐山真正的面目，是因为我身处庐山之中。

诗人介绍

苏轼（1037—1101），字子瞻，号东坡居士。他是北宋时期有名的文学家、书法家，还曾治理过西湖，主持修筑了苏堤。苏轼是北宋中期的文坛领袖，在诗、词、散文、书、画等方面的成就都很高。他的诗清新豪健，风格独特，常常运用夸张、比喻的手法；词豪放旷达，开豪放一派；散文纵横恣肆，气势雄放。其代表诗词有《题西林壁》《赠刘景文》《水调歌头·明月几时有》《念奴娇·赤壁怀古》等。

赏析

苏轼在诗中不仅描绘了庐山山峰奇秀、景色各异的特点，而且在写景中融入了说理。后两句写出了诗人的感悟：之所以从不同的方位看庐山而印象不同，是因为"身在此山中"。只有远离庐山，跳出庐山的遮蔽，才能看清它的真实面貌。在生活中，看山是这样，看其他事物也是这样。要认识事物的全貌，就必须超越一定的范围，摆脱个人的主观成见。全诗借庐山的形象说理，语言通俗，耐人寻味。

拓展延伸

◉ 西林寺

庐山西林寺坐落在庐山的北麓，因为苏轼在此写下《题西林壁》而扬名后世。相传，西林寺修建于东晋时期，由江州刺史陶范为之立庙，命名为西林寺。后来西林寺的东边也建了一座寺庙，称为东林寺。这两座寺庙经过多次修缮，至今尚存。

用一首诗对这次庐山之旅做个总结吧。

◉ 庐山真面目

　　诗人"不识庐山真面目"的原因是什么？恰恰是因为他身在庐山之中。诗人的视野被庐山的峰峦所局限，只能看到庐山的一峰一岭一丘一壑，必然带有片面性。这是庐山之旅带给诗人的哲学思考。从"不识庐山真面目，只缘身在此山中"这句诗，我们可以学到"庐山真面目"这个成语。人们常常用这个成语来指代事情的真相或一个人的本来面目。日常生活中，我们在很多情境下能够用到这个成语。比如，事情真相大白，我们可以说"发现了这件事的庐山真面目"；某人暴露了不为人知的一面，我们可以说"这个人露出了他的庐山真面目"。

　　说回庐山，要想看清楚庐山的全貌，云雾也是一大"难题"。庐山的深谷幽壑常年云雾缭绕，将天地连成一片，使人无法看清庐山的真面目。同时，庐山的云雾营造出人间仙境般的景观，常常让游人流连忘返。

《庐山白云图卷》（局部）［清］王翚（huī）

湖口望庐山瀑布泉

　　唐朝诗人张九龄德才兼备，受到宰相张说的器重。由于自身的优秀，加上张说的提拔，张九龄做到了中书舍人的职位，成为一代名相。唐玄宗开元十四年（726），张九龄受到张说牵连被贬官，后被任命为洪州（今江西南昌）刺史。在任职期间，他写下了这首诗。

距离影响不了我看瀑布！

张九龄

万丈洪泉落，迢迢半紫氛。
tiáo

奔飞流杂树，洒落出重云。

日照虹蜺似，天清风雨闻。
ní

灵山多秀色，空水共氤氲。
yīn yūn

湖口：即鄱阳湖口。湖口遥对庐山，能看见山头的云雾以及瀑布。

洪泉：指水势很强的瀑布。

迢迢：形容瀑布很长。

紫氛：紫色的水汽。

杂树：杂乱的树木。

重云：层层云朵。

虹蜺：即虹霓，是阳光照射水珠，经过折射、反射形成的自然现象。

天清：天气凉爽晴朗。

闻：听到。

灵山：指庐山。

空：天空中的云。

氤氲：形容水汽弥漫流动。

译 文

　　万丈高的瀑布从山间飞流直下，像是从天上落下，四周升起红色和紫色的雾气。瀑布奔腾着冲击一片片杂树，喷洒溅落，穿过一层层云雾。在阳光的照射下，瀑布就像虹霓一样绚烂。天气清朗，却能听到风雨的声音。庐山的风景是多么秀丽啊，烟云弥漫，与水汽融为一体。

诗人介绍

　　张九龄（673或678—740），唐朝诗人，韶州曲江（今广东韶关市西南）人。他年幼时就才思敏捷，中进士后受到朝中重臣以及皇帝的赏识，后官至宰相。在仕途上，张九龄虽然遭遇过多次波折，但他忠职尽责，直言敢谏，选贤任能，为"开元之治"作出了很大贡献，是当之无愧的贤能宰相。作为诗人，他的诗作大都语言质朴，诗风清雅，改善了唐朝初期模仿六朝的华丽浮艳的诗风。

拓展延伸

◉虹霓是如何产生的？

诗句"日照虹蜺似"中的"虹蜺"指虹霓，也就是我们所说的彩虹。虹霓常有内外二环，内环称虹，外环称霓，它们是太阳光经过水滴多次反射、折射而形成的，呈现出七彩的光芒。虹霓多出现在炎热的夏天。一场

彩　虹

雷阵雨过后，太阳出来，水分快速蒸发，再加上雨后天空的灰尘减少，就容易看到阳光穿过水汽，折射出虹霓。瀑布下落时飞溅起水雾，在晴朗的天气，阳光照射这些小水滴，也会出现虹霓。

◉ "岭南第一人"

张九龄的这首诗描写的是庐山的瀑布，其实，在诗中，庐山瀑布也是诗人的自我比喻。瀑布从高处穿越阻碍，冲破迷雾，气势磅礴，集自然之灵气。而张九龄也像瀑布一样在当时脱颖而出，他是历史上第一个担任宰相的岭南人，他的诗歌风格又推动了岭南诗派的形成与发展，深刻地影响了岭南地区的文化。因此，他素有"岭南第一人"的美誉。

我为岭南代言！

览胜手记

不知不觉，我们来到了白鹿洞书院。这座古老的"大学"距离现在已有一千多年的历史。环绕着书院的参天古木和古朴的青砖院墙，似乎彰显了它深厚的学术氛围。走进院内，文化气息就更浓了。

我们先参观了气势恢宏的礼圣殿。这是书院里现存规格最高的古建筑，殿顶上盖着灰色的瓦片，飞檐向上翘起，像是要飞上天空，墙体则是白色的。殿内悬挂着"万世师表"的匾额，据说是清朝的康熙皇帝亲手书写的。正中有一座孔子行教图石刻像，石座上摆放着石头雕刻的香炉和花瓶，显得庄重又虔诚。礼圣殿是祭祀孔子以及历代儒学圣贤的地方，看起来很是肃穆壮观。

我们这次来庐山，已经是七月了。错过了"人间四月芳菲尽，山寺桃花始盛开"的美景，可不能再错过庐山夏天的瀑布了。沿着蜿蜒的山路，我不时被路旁的花草、树木所吸引，再加上舒适的天气，让人完全忘记了爬山的劳累。

走了很久的山路，终于看到了庐山最壮观的瀑布——三叠泉瀑布。三叠泉瀑布落差有150多米，从高处分成三级，由窄到宽奔流而下。落下的水打在石头上，落入水潭中，声音很是清脆。水雾弥漫，瀑布之下好像下起了蒙蒙细雨，我抬头看瀑布，它竟蒙着一层白纱，仙气十足。

嵩山位于河南省西北部，由太室山与少室山组成。嵩山是中华文明的重要发源地。它是世界地质公园，自然资源丰富。山峰陡峻奇异，山上宫观林立，是古代中原地区第一名山。著名景点有嵩岳寺塔、三皇寨、观星台、嵩阳书院等。

嵩山

三皇寨是位于少室山上的天然山寨，自然生态与地质地貌独具一格。明代旅行家徐霞客曾说：嵩山天下奥，少室险奇特，不游三皇寨，不算少林客。

从三皇寨可以走栈道去少林寺参观。

这里山峰的岩层是竖向排列的，真是奇特。

你不知道吗？这里可是天然地质博物馆。

少林寺

嵩山的少林寺是北魏孝文帝为安顿印度僧人跋陀尊者而建的，因其建在少室山的丛林中，所以命名"少林寺"。据记载，在隋末唐初时，少林寺僧众为唐军作战贡献了力量（指少林寺的十三位僧人潜入敌城，活捉王仁则交给了唐军），受到了唐王朝的嘉奖。从此，少林寺获得了空前的发展，名扬天下。

少林功夫名扬天下！

嵩山与"三教"文化

下次在嵩阳书院开讲，大家记得来捧场。

嵩山融合了佛、道、儒文化，留存下很多文物古迹。法王寺是嵩山佛教建筑的代表，创建于东汉，是我国最早的佛教寺院之一。此外，佛教寺院还有少林寺、嵩岳寺等。位于太室山的中岳庙始建于秦，规模宏大，十分壮观，有"道教第六小洞天"之称。位于嵩山南麓的嵩阳书院则是儒家文化的产物，也是"四大书院"之一。嵩阳书院是古代儒学大家聚集的地方，在我国文化史中占有重要地位。

嵩山碑刻

嵩山自古以来就是名山，吸引了历代不少名人来游赏，并在山上留下墨宝。据统计，嵩山碑刻作品有两千余件，其中包括颜真卿、苏东坡、黄庭坚、米芾（fú）等历代大书法家的作品。嵩山最大的碑刻是《大唐嵩阳观纪圣德感应之颂碑》，现存于嵩阳书院。这座碑刻高约九米，雕工精湛，是我国唐碑的优秀代表作。

榜上有名

嵩山位于古代中原地区，文化底蕴深厚，是中华文明的重要发源地之一。嵩山融合了三教文化，拥有不同于其他名山的独特魅力。嵩山丰富的人文景观和珍稀的地质遗迹相互辉映，值得一游再游。

排行榜

《归嵩山作》	王维
《少室南原》	元好问
《初见嵩山》	张耒

归嵩山作

唐朝开元年间，因为唐玄宗常年住在东都洛阳，当时身为臣子的王维在洛阳附近的嵩山上也有一处隐居之所。三十多岁时，王维仕途不顺，打算归隐嵩山，《归嵩山作》一诗就是他回嵩山时所作。

清川带长薄，车马去闲闲。

流水如有意，暮禽相与还。

荒城临古渡，落日满秋山。

迢递嵩高下，归来且闭关。

注释

清川：清澈的流水。

带：围绕，映带。

薄：草木丛生。

去：行走。

闲闲：从容自得的样子。

暮禽：傍晚的鸟儿。

荒城：指嵩山附近荒废的城池。

临：靠着。

古渡：指古时的渡口遗址。

迢递：遥远的样子。

嵩高：嵩山别称嵩高山。

且：将要。

闭关：闭门静修。这里指闭户不与人来往。

译文

　　清澈的流水环绕着一片草木丛生的沼泽地，我乘坐车马慢慢前行，从容悠闲。流水好像有意跟随我一同离去，傍晚的鸟儿也想和我一起回家。荒凉的城池紧靠着古老的渡口，落日的余晖洒满秋天的群山。从遥远的地方来到嵩山下安家落户，我关上房门，谢绝世俗往来，清闲度日。

诗人介绍

　　王维（701？—761），字摩诘，号摩诘居士，有"诗佛"的称号。他精通诗、书、画、音乐，十分擅长写五言诗，题材以山水田园为主。苏轼曾经对王维的诗和画有"味摩诘之诗，诗中有画；观摩诘之画，画中有诗"的评价。其代表作有《相思》《山居秋暝》等。

赏析

诗人王维在回嵩山隐居的途中，对一路上看到的"清川""长薄""流水""暮禽"这些山林中的景物，感到无比亲切。之后，"荒城""古渡""落日""秋山"这些带有凄凉色彩的意象，反映出诗人感情上的变化，表现了他接近归隐地时凄清的心境。最后写诗人归隐后的心情，他表示要安心地过自己的隐居生活，心境回归到淡泊闲适。

拓展延伸

◉ "嵩高"

诗中用"嵩高"来指代嵩山。在古代汉语中，"嵩"有"山高峻"的意思。早在《诗经》中就出现过"崧（嵩）高维岳，骏极于天"的诗句。在《汉书·郊祀志上》中也有记载："中岳，嵩高也。五载一巡狩。"这两句中的"嵩高"都是指嵩山。

◉ "诗佛" 王维

　　王维的名字应来源于佛教中一部叫《维摩诘经》的经文，他本人也有"诗佛"之称。王维对佛学很精通，受禅宗的影响很大，他的山水诗作中常常蕴藏着对佛教禅理的深刻体验和感悟。

《千岩万壑卷》［唐］王维

少室南原

金朝贞祐四年（1216），为了躲避战乱，元好问带着家人南渡，客居在三乡（在今河南宜阳）。第二年，他的诗作被名士赵秉文称赞，在京师有了些名气。元好问觉得自己平生所学和当时的科考陋习不合，加上生活没有保障，于是在一年春天搬到嵩山，过上了隐逸生活。《少室南原》就是元好问刚从三乡移居到嵩山的时候写的。

地僻人烟断，山深鸟语哗。

清溪鸣石齿，暖日长藤芽。

绿映高低树，红迷远近花。

林间见鸡犬，直拟是仙家。

少室：少室山，中岳嵩山的西峰。

南原：少室山南麓的平地。

地僻：地势偏僻。

人烟断：指没有住户。

哗：喧闹。

石齿：溪中突出的齿状石块。

长：使……生长。

迷：迷乱，迷蒙，引申为"使……分辨不清"。

拟：疑虑，怀疑。

译 文

这个地方很是偏僻，人烟几乎断绝，荒山深幽，各种鸟叫声显得十分喧哗。清冷的溪水溅在齿状的石块上，和煦的阳光催发了藤萝的幼芽。参差错落的野树翠色欲滴，远近的山花鲜红，令人目眩神迷。在山林间，忽然见到了鸡和狗，我简直怀疑是到了仙人的家。

诗人介绍

元好问（1190—1257），金朝末年至元朝时期的文学家、历史学家。元好问自幼聪慧，有"神童"的称号，后在金朝廷做官，名气很大。晚年回到故乡隐居，一心写书作文。元好问对诗、文、词、曲都很擅长，他的作品在当时文坛影响很大，被誉为"北方文雄""一代文宗"。他的诗歌尤其有名，题材丰富，其中写景诗风格清雅，不事雕琢，丧乱诗则写得情感真挚。

诗人元好问来到少室山偏僻的南原，并没有因为深山老林的荒凉僻静而感伤，而是从视、听两个角度描述了少室南原景色的寂静、优美，营造出清幽的意境，透露出生活在兵荒马乱中的诗人渴望和平、向往安定悠闲生活的心情。

拓展延伸

●少室山

《少室南原》中的"少室"指的是少室山，是嵩山的一部分，而"南原"意思是南边的平地。少室山有三十六峰，峰势陡峭险峻，有很多奇峰异景，如"猴子观云海""少室晴雪"等，还有少室寺、少林寺、少林永化堂等人文景点。少室山的主峰连天峰，又叫摘星楼，是嵩山最高峰，人气很旺。少室山三十六峰之一的宝柱峰与连天峰相对，两峰之间形成了大峡谷，不少登山爱好者会选择穿越"宝柱峰—连天峰"的路线，挑战绝壁悬崖。

看来穿越难度还挺大……

"一人得道，鸡犬升天"的故事

据说，西汉时期的淮南王刘安喜欢神仙之术，他的家中宾客很多，其中苏飞、李尚、左吴等八人号称"八公"。传说，这"八公"给刘安炼制了仙丹。后来，有人向汉武帝告发刘安意图谋反，汉武帝就派人去捉拿刘安。当官兵冲进刘安府里时，刘安情急之下把仙丹使劲往嘴里塞。吞服仙丹后，刘安就随着"八公"飞到了天上。而那些散落在地上的仙丹被鸡和狗吃了，它们也跟着刘安飞到了天上。后来人们常用"一人得道，鸡犬升天"这个成语，来比喻一人得势，与他有关的人都得到了好处。"林间见鸡犬，直拟是仙家"这句诗就用了这个典故。关于这个成语，我们可以这样造句："这个地方官一上任，他的亲戚也跟着神气起来，真是一人得道，鸡犬升天。"

初见嵩山

张耒是苏轼门下弟子之一，他进士及第后就在安徽、河南等地做地方官，这一做就是十多年。这十多年里，他多次因为任期届满而不得不被改派到其他地方。《初见嵩山》就是张耒赴任洛阳寿安县尉的途中写的。这一路上他又是乘船，又是骑马，还大病一场，紧赶慢赶到了嵩山。当看到宁静秀丽的美景，诗人连日赶路的劳累仿佛也被驱散了。

张耒

不是在任上，就是在上任的路上。

年来鞍马困尘埃，
赖有青山豁我怀。
日暮北风吹雨去，
数峰清瘦出云来。

鞍马困：鞍马劳顿，指在路上辛苦奔走。

赖：幸亏，幸好。

豁我怀：使我开怀，心情舒畅。豁，舒展。

译 文

多少年来，一直在路上辛苦奔波，尘世污浊，让我的呼吸都不舒畅了。还好有青山在，它的豁达使我开怀。天色暗了下来，北风呼啸着吹走云和雨。此时，晴空下几座山峰从云层中显现出来了，它们那么清瘦挺拔，没有一点儿尘埃。

诗人介绍

张耒（1054—1114），北宋时期的大臣、文学家，与秦观、黄庭坚、晁补之并称"苏门四学士"。张耒自幼聪慧，十三岁就能写诗作文，十七岁写出了被众人传诵的《函关赋》。后来，张耒游学时，受到苏辙赏识，因此结识了苏轼。苏轼觉得张耒很有文才，就推荐他去参加科举考试。张耒考中进士后，陆续担任了多个官职，后期仕途不顺，多次遭贬谪。

在文学创作上，张耒强调抒真情、笔随意驱，他的诗歌取材广泛，很多诗篇反映了当时底层百姓的生活，对社会现实的体察很深。

这是一首写山的诗，但并没有对山直接进行描写，而是先做了一番铺垫，营造出嵩山的神秘感。前两句诗人从仕途失意落笔。他奔走于风尘，疲劳困顿，幸好青山使他短暂开怀。第三句为嵩山的出场渲染了气氛。第四句是点睛之笔，诗境豁然开朗，嵩山终于从浮云中显现出来，姿态高洁。诗人用"清瘦"一词形容嵩山，使嵩山有了人的品格风貌，富有灵性，也体现了他自己的人格操守与精神追求。

拓展延伸

◉峻极峰

诗人张耒看到嵩山，对其清瘦的山峰印象深刻。嵩山的山峰数量很多，其中太室山就有著名的三十六峰。峻极峰是太室山的主峰，海拔近1500米。它的名字来源于《诗经·崧高》中"峻极于天"一句。乾隆皇帝游嵩山时，曾在峻极峰赋诗立碑，所以又被称为"御碑峰"。登上峻极峰远眺，俯瞰群山，能体会到"一览众山小"的恢弘气势。

这山真是高峻啊！朕要为它赋诗立碑。

◉青山与精神家园

为什么青山能够让诗人忘记奔走的劳累，感到心情舒畅呢？有句话叫"仁者乐山"，"仁者"也就是仁厚的人。仁厚的人仁慈宽容，性情好静而不易冲动，就像青山一样稳重。这一类型的人喜爱青山，大多将青山作为自己心灵栖息的家园，也常以青山自喻。诗人本性仁厚，关心社会疾苦和百姓生活。对他来说，青山象征着他的精神家园，或是一位志同道合的好友，与之相见，亲切自在，无拘无束。

《嵩山草堂图》[清]王翚

图中画的是嵩山一处，有一草堂，四周围绕着绿树、翠竹，前有溪流，后有山峦。草堂中有一人端坐，还有一个童子捧物而来，门外有两只清闲散步的鹤。

览胜手记

片段一

　　我们来到少室山脚下，乘坐缆车缓缓驶向山顶。慢慢地，视野越来越开阔，满山苍翠，一望无际，还真如诗人元好问诗中描述的那样"地僻人烟断，山深鸟语哗"呢！难怪古代那么多的名士喜欢跑来嵩山隐居。

　　不久，我们来到少林寺。走进庙内，游客很多。道路两旁生长着古树，像撑开的绿色大伞，和庄严肃穆的大殿相得益彰。少林武功的表演也十分精彩，只见刀枪棍棒在少林弟子手中听话极了，挥舞自如，令人眼花缭乱。听说，不少人慕名来到这里，就是想学少林功夫呢！

片段二

　　嵩山能吸引众多游客纷至沓来，不仅因为它丰富厚重的文化积淀，还因为它雄伟壮丽的自然风光。

　　嵩山由少室山和太室山构成，各有三十六峰，景色各异。在晴朗的天气遥望嵩山山峰，必定能有"数峰清瘦出云来"的感觉。山中的景色也很不错，特别是在春夏之际，草木繁茂，整个嵩山生机勃勃。早晨，清新的山风拂过山林，明媚的阳光透过树叶洒下来，仿佛一地耀眼的金子。此时，走在山路上，很容易惊动山里的鸟儿，听见它们扑打树叶的声音。脚下的山路通常是绵延无尽的台阶，盘旋在山中，时隐时现。有时，你会遇到一条潺潺的溪流，那溪水必定是清澈、凉爽的。

华山

翠云宫是华山西峰上的主要建筑，共两层，依靠山崖而建。

爸爸，你看，那像不像一片莲花花瓣？

是啊。我们现在正在登的西峰又叫莲花峰、芙蓉峰。

马上就要到翠云宫了！

听说这里就是《宝莲灯》里沉香劈山救母的地方哟！

我们拍张照片吧！

别看山下！

华山位于陕西省华阴市境内，南接秦岭，北瞰渭河，有"天下第一险"之称。据说中华的"华"源于华山，因此华山还有"华夏之根"的称号。华山山峰险峻，山上还有众多的道教宫观建筑。

华山论剑

　　"华山论剑"出自著名武侠小说作家金庸创作的江湖故事。在金庸的武侠小说《射雕英雄传》和《神雕侠侣》中，多次出现华山论剑的情节，书中的英雄豪杰纷纷前往险峭的华山，一决武功高下。如今的"华山论剑"已不单纯指比试江湖武功，而引申为各个领域之间公开的比试或学术争鸣。

华山论剑石碑

西岳庙

　　据说周平王东迁后，因华山位于都城洛阳的西边，所以就称其为"西岳"。西岳庙始建于汉代，是历代帝王祭祀华山的要地。因西岳庙宏伟的规模和布局都与北京故宫形似，故有"陕西故宫"的美誉。西岳庙还被称为"五岳第一庙"，因为它是五岳庙中建造时间最早、面积最大的。

苍龙岭

苍龙岭是位于华山五云峰下的一条刃形山脊，属华山著名险道之一，因像一条苍黑色的卧龙而得名。苍龙岭十分狭长，且宽度只有约一米，游人走在上面，仿佛置身云端，十分惊险。相传唐代的韩愈曾和朋友攀登华山，结果到了苍龙岭后吓得不敢迈步，还写下遗书投到山岩下。后来，同行的人只好把韩愈抬下了山。如今，在苍龙岭还有"韩退之投书处"的石刻。

华山的山体陡峭挺拔，有多处险峻的悬崖和狭窄的小路。

榜上有名

五岳之中，华山以险著称，有着"奇险第一山"的称号。它吸引了古今中外许多游客前来，也同样让一些人望而却步。在古代，登华山只能通过一条在峭壁上凿出的小道，有些地方甚至还需要借助峭壁间的裂缝。因此，在许多诗作中，华山一直都是险峻的代表。

排行榜

《行经华阴》	崔颢(hào)
《华山》	寇(kòu)准
《望岳》	杜甫

行经华阴

　　崔颢第二次前往京城长安，和之前一样，依旧是为了谋求功名。经过华阴时他看到了雄伟高大而又隐逸出尘的华山，不禁感叹自己为了仕途到处奔波的境遇，并写下《行经华阴》这首诗。

　　崔颢

　　这是什么人间仙境啊！太壮美了！

tiáo yáo
岧峣太华俯咸京，天外三峰削不成。

武帝祠前云欲散，仙人掌上雨初晴。

zhì
河山北枕秦关险，驿路西连汉畤平。

借问路旁名利客，何如此处学长生？

注 释

华阴：位于华山北面。

岩峣：高峻的样子。

太华：华山。

三峰：指华山的三座山峰。

武帝祠：即巨灵祠。

仙人掌：峰名，在华山东峰。

秦关：指秦代的潼关。

汉畤：汉代帝王祭天地、五帝的地方。畤，古代祭天地和五帝的祭坛。

旁：旁边，侧边。

名利客：指追名逐利的人。

学长生：指隐居山林求仙学道，寻求长生不老。

译 文

在高耸陡峭的华山上俯瞰长安，只见三座山峰直指云霄，那样子可不是人工能削成的。巨灵祠前的乌云马上就要消散了，雨过天晴后的仙人掌峰一片翠绿。秦关北靠河山，地势险要，驿路两旁的树向西一直连接到汉畤。询问路边那些追名逐利的人，何不到这儿求仙学道，寻求长生呢？

诗人介绍

崔颢（704—754），唐朝时期汴州（今河南开封）人，是一位很有名的诗人。崔颢性格耿直，才思敏捷，在有生之年却没有大展才华的机遇。他后期的诗作以边塞诗为主，风格大多雄浑豪迈，反映边塞的戎旅之苦，受到当时文人的推崇。他最为人称道的诗作是《黄鹤楼》。

这首诗前三联依次对景物进行描写，把神灵古迹和山河美景融合，诗境雄浑壮阔。最后在尾联通过提问的形式引出"学长生"的主旨，这既是诗人对旁人的劝告，也是自问，从中流露出退隐山林的想法。

拓展延伸

◉华山上的"仙人掌"

相传华山是被巨灵神用手劈开的，仙人掌就是他在华山东峰上留存下来的手迹。因为仙人掌高几十米，五指分明，生动逼真，被称为"华岳仙掌"，被列为陕西有名的"关中八景"之首。

唐朝时期的华阴

华阴，顾名思义就是指"华山的北面"。诗人在经过华阴时，看到华山高耸入云的山峰，登上华山观赏历史悠久的武帝祠和峻峭的仙人掌，同时还联想到了山河、秦关等。在唐代，如果要由东入西到长安，华阴是十分重要的通道。当时的唐朝与西域经济文化交往密切，来往的行人络绎不绝，位于通商要道上的华阴呈现一派繁华的景象。

来到华阴，怎么能不去华山看看呢？

华　山

　　据说在寇准七岁的时候，他的父亲宴请宾客。一位客人很有兴致，让寇准以"华山"为题作诗。寇准思索片刻，《华山》一诗就脱口而出了。如今，他这首随口吟出的五言绝句已被后世广为传诵。

只有天在上，

更无山与齐。

举头红日近，

回首白云低。

与齐："与之齐"的省略，即"没有山和华山齐平"。

举头：抬起头看。

回首：低头看。

译 文

华山的上面就只有天了，在这世间没有哪座山能和华山齐平。站在山顶，一抬头就能看到红色的太阳离得很近，再低头一看，甚至觉得朵朵白云很低。

诗人介绍

寇准（961—1023），北宋时期名臣、诗人，与白居易、张仁愿并称"渭南三贤"，在诗词创作方面擅长七绝。寇准因为敢于直言进谏而被宋太宗、宋真宗重用，两度拜相，促进签订历史上有名的"澶渊之盟"。但后来因为丁谓等人的迫害被贬到雷州（今属广东）。被贬后，寇准尽心尽力为雷州百姓谋福，不仅传授给他们农耕技术，兴修水利，还积极传播文化知识，雷州的百姓都非常敬仰他。

赏析 这首诗字词虽简单，但全诗对仗工整，炼字精准，"只有""更无"两个词直截了当地点明华山是最高的山峰，并通过天、日、云反衬出华山的高峻陡峭，气势不凡。虽是一首即兴之作，却让人不得不佩服寇准遣词造句的功力！

拓展延伸

◉ 华山南峰

寇准在诗中描绘了华山高耸入云的景象。如果我们想去华山看看这样的景观，可以登上华山南峰一探究竟。南峰海拔有两千多米，是华山的最高峰。因其东顶生长着高大的松树和桧树，所以被叫作"松桧峰"。西顶是南峰的极顶，据说由于山太高，大雁飞到这里也要落下来歇息，因此得名"落雁峰"。游客登上南峰，放眼眺望四周，黄河、渭河尽收眼底，十分壮观。

◉ "回首"的含义

在"回首"一词中，"首"字表示脑袋、头。"回首"的本义是"回头、回头看"，后来衍生出"回想、回忆"的义项，如南唐后主李煜曾在《虞美人》一词中写道"故国不堪回首月明中"，意思是，在这明月当空

故国不堪回首月明中……

的夜晚哪里能忍受得了回忆故国的伤痛。此外，在一些古文中，"回首"还有其他含义，如《后汉书·伏湛传》中"是故四方回首，仰望京师"中的"回首"指的是"归顺"。

◉寇竹渡

寇准在雷州任职的第二年就病逝了，雷州的百姓非常悲痛，最后决定护送寇准的灵柩北上。传说当送行队伍到达雷州一个渡口时，突然刮起狂风，下起滂沱大雨，根本没办法继续赶路，于是大家停了下来，打算等雨停了再走。为了防雨，他们在灵柩周围插上枯竹用以固定防护。第二天，雨过天晴，护棺的竹子竟然长出了新芽。后来，人们就把这个渡口叫作"寇竹渡"。

望 岳

安史之乱爆发后，杜甫饱经祸乱，终于重返朝廷。人至中年的他想要在朝堂上发挥余力，却因替人求情而被贬为华州司功参军。政治上的失意，使杜甫倍感郁闷，他经常眺望西岳华山，驱散愁绪。有一次，他浮想联翩，写下了这首七言律诗。

这山太高了，还是等天气凉快点再来吧！

杜甫

西岳峻嶒竦处尊，诸峰罗立如儿孙。

安得仙人九节杖，拄到玉女洗头盆。

车箱入谷无归路，箭栝通天有一门。

稍待西风凉冷后，高寻白帝问真源。

峻嶒：高耸突兀，形容山高。

九节杖：传说仙人所用的手杖。

玉女洗头盆：传说华山上有玉女祠，祠前有石臼，被称为"玉女洗头盆"。

箭栝：箭的末端扣弦的地方。此处用来形容峡谷的窄、直。

白帝：古代神话传说中主管西方的天帝。

译 文

　　高耸的西岳好似一位德高望重的老人，周围的山峰就像他的子子孙孙。怎么才能得到仙人用的手杖，再拄着它到华山上的玉女祠呢？可进了华山脚下的车箱谷便没有了归路，它就像箭尾一般直抵天门，实在是难以攀登。还是等天气转凉后再登上山顶，寻找传说中的白帝问道。

赏析　　这首诗通过描写、比喻等，体现了华山的雄伟高大。面对这样的华山，杜甫不由得发出了如何攀登的疑问，这也恰恰是他想要报效国家却无计可施的心态的真实写照。最后杜甫还借用神话典故表达实现理想的艰难。全诗透露出诗人失意、彷徨的心境。

拓展延伸

● 车箱谷

　　车箱谷又名仙峪，是位于华山西峰下的一条峡谷。这条峡谷狭窄深邃，其中有清澈的溪水淙淙流淌，夏天十分凉爽，吸引了各地的游客前来避暑。峡谷中的溪水流到尽头，汇集到一个名叫"车箱潭"的水潭中，《水经注》称其为"天下第七水府"。车箱谷不仅风景如画，还藏着不少矿产、药草等自然资源。

◉ "箭栝通天有一门"中的"一门"

"一门"指的应该是华山的南天门。南天门在华山南峰的东边。游客从东峰南坡下，依次经过二仙龛、紫气台，沿着崎岖小路攀缘即可到达。南天门是登临朝元洞、长空栈道、贺老石室、全真崖的必经之道。现在的南天门有上下两栋庙宇，都是清初所建。

●天气转凉和"白帝"有什么关系？

诗人看到高耸入云的华山，不禁有些犯难，想着等天气凉快了，再来登山，又说"高寻白帝问真源"。为什么诗人在此会提到"白帝"呢？

白帝又名少昊、玄嚣，是中国古代神话中五位天帝中的一位，被认为是西方之神，也是司秋（掌管秋令）之神。古人信奉五行说，把事物与五行（金、木、水、火、土）相对应，四季也是如此，如春天属木，代表色为青色；而秋天属金，代表色是白色，所以司秋之神就叫"白帝"。秋天天气会变得凉爽，因此诗人便联想到了白帝。

《华山秋色轴》［清］王原祁

片段一

　　华山的松树不似他山的随风摇曳，婀娜多姿。那峭壁上、石罅里不过尺把深的泥土中生长出来的松树，更显出一种气质，一种与生俱来的同华山的山石一样的气质——不屈不挠、刚劲挺拔。虽无袅娜之态，但显阳刚之气。那独有的洒脱，那笑傲天地的气魄，深深地感染着每一位游人。华山的松树是奇妙的，它们穿插在山间各个角落，不是刻意安排，却又无可挑剔，不知是树衬着山，还是山衬着树，只知树以山为体，山以树为衣，韵味十足，灵气十足。

片段二

　　来到东峰，崔颢在诗句"武帝祠前云欲散，仙人掌上雨初晴"中提到的仙人掌就在我的脚下。仙人掌作为著名的"关中八景"之一，又被叫作"华岳仙掌"，然而它在东峰外侧的崖壁上，而我此时站立的位置无法看到它的全景，实在可惜！还好，我体验了一把过华山第一险关的感觉。"鹞子翻身"，顾名思义，即使是那能搏击长空的苍鹰过此险关时也得翻个身才能过去，更何况是我。我转过身子，手紧握着粗粗的铁链，脚踩着峭壁上凿出的石窝，小心翼翼地往下爬……

终南山

灵应台不愧是看云海的好地方！

终南山上还有不少的建筑。

那边是文殊台呢！

山峦延绵起伏，太壮观了。

终南山位于陕西省西安市南部，别名太乙山。终南山其实不是一座山，而是秦岭山系中一条很重要的山脉。大家熟知的"寿比南山"中的"南山"就是指终南山。

南五台，是终南山的一部分，景色秀美。山上有大台、文殊、清凉、灵应、舍身五座山峰，所以称为"南五台"。

终南山名称的由来

终南山的名称早在三千多年前的周朝就有了。据说，东周早期，生活在今甘肃东部的秦部落在西周末年的动乱中护驾有功，于是，周天子东迁洛邑后把关中（今陕西的中部一带）赏给了秦人。终南山位于关中的南部山脉高险，秦人不能越过它向南扩大地盘，所以称之为"终南"。也有说法认为"终南"应是"中南"，取"天之中，都之南"的意思。

终南山灵应台

"三教"之地

终南山是儒、释、道三教胜地。终南山道教始于老子入关，老子在此留下道家经典《道德经》。据载，汉朝时期，汉武帝为了祭祀太乙神，在终南山建了太乙宫。从汉末到宋朝，相传有陈抟、吕洞宾、刘海蟾、张无梦等来此山修道。

《三教图》〔明〕佚名
画中的人物分别是老子、释迦牟尼、孔子。

楼观台

在终南山的北麓有一座楼观台，是终南山最著名的景点之一。传说，周朝时的函谷关关令尹喜爱好天文，就在终南山建了一座草楼，用来观星望气。有一天，尹喜看到紫气东来，猜测有圣人要来，没多久老子就骑着青牛经过。尹喜邀请老子进楼，并请老子在楼内的南筑台留下了《道德经》。这个台被后人称为"楼观台"或"说经台"。

《老子骑牛图》〔明〕张路

"终南捷径"

　　唐朝时期的都城在长安（今西安），离终南山很近。当时有个人叫卢藏用，他考中进士之后却没有受到重用，于是躲到终南山上，做起了隐士。不过，他心里还是想要做官的。当时，人们对隐士的评价很高，认为隐士都很有才华，并且品行高洁。卢藏用选择在终南山隐居，主要还是因为这里靠近长安，方便让自己隐士的名声传到皇帝的耳中。后来，武则天果然召他入朝为官。

　　后来，有一位真正的隐士——司马承祯因才学渊博被召入朝廷，但他坚持不做官，请求回到山中。司马承祯临行前，卢藏用去送他，指着终南山说："那里就很好，何必要去远的地方呢？"司马承祯却回答："在我看来，那里是一条做官的捷径。"卢藏用因此十分羞愧。

您考虑考虑去终南山吧……

隐居终南山，只是当官的一条捷径罢了！

这就是成语"终南捷径"的由来，我们现在常用"终南捷径"指代求取官职或名利的最佳途径。比如以下例句：热心公益是一件奉献爱心、帮助他人的事，不应该成为一些人获取名声的终南捷径。

榜上有名

终南山景色优美，寺庙云集，文化渊源深厚，在古代是很多人心目中理想的隐居地之一。许多名人如姜子牙、老子、王维等都曾在终南山隐居，使得后世的诗人更加钟情于终南山的隐居生活，他们为终南山写诗作赋，抒发逸志。

排 行 榜

《终南别业》	王　维
《终南望馀雪》	祖　咏
《游终南山》	孟　郊

终南别业

王维有"诗佛"之称，他生性淡泊，喜欢参禅悟理。他做官之后，对官场并不热衷，常常过着半官半隐的生活。四十多岁时，王维曾在终南山隐居，写下了许多关于终南山的诗篇，此诗便是其中一首。

中岁颇好道，晚家南山陲。

兴来每独往，胜事空自知。

行到水穷处，坐看云起时。

偶然值林叟，谈笑无还期。

中岁：中年。

好：喜好。

道：此处指佛理。

家：安家。

南山：指终南山。

陲：边缘，旁边。

胜事：美好的事。

穷：极，尽。

值：遇到。

叟：老翁。

无还期：没有回归的准确时间。

译 文

　　中年时期我已经有了喜好佛理之心，晚年终于在终南山的脚下安家。每当兴致来了就独自漫游，其中的乐趣只有我一人知晓。闲情漫步到流水的尽头，坐着看云雾涌起。偶然在林间遇到了山中老翁，与他谈笑聊天忘记了回去的时间。

赏析　　这首诗没有具体描绘山川景物，而重在表现诗人隐居山间的心境。诗人如同一位不问世事的世外高人，视山间为归宿；不刻意探幽寻胜，而能时刻领略到大自然的美好。这首诗的语言平白如话，境界却格外开阔，富有情趣。

● 南　山

广义的南山指南边的山、山的南面。早在《诗经》一书中就有"南山"一词的记录，后来，南山从《诗经》中"温暖安全的栖息地"，逐渐演化为"心灵的栖息地、精神的家园"。

狭义的南山一般指终南山，常常被人用来表现隐逸生活。最具代表性的是陶渊明的《饮酒·其五》中的"采菊东篱下，悠然见南山"一句，体现了隐居生活的安适。

一抬头就能看到南山……

● "行到水穷处，坐看云起时"的深意

"行到水穷处，坐看云起时"这句诗体现了诗人对待人生的一种态度。他漫无目的地随着山间的水流前进，一直走到水流的尽头，接下来要去哪儿呢？诗人没有多想，他抬头望了望天，干脆坐了下来，观赏起了天

边那翻涌的云朵。可以看出，诗人有一种顺应自然的心态，而流水、行云也象征着无忧无虑、自由自在的状态。在人生的旅途中，我们难免会遭遇一些困境，这时不妨学学王维，抬头或者往四周看看，也许会有别的出路；即便暂时没有找到出路，也要乐观豁达，相信总会迎来柳暗花明的转机。

● 王维的晚年生活

王维这首《终南别业》是他最经典的佛理禅诗，被后人吟诵甚广。写这首诗的时候，王维已经是一个老人了。安史之乱期间，他被迫在叛军中担任官职。叛乱平定之后，他也不再被认为是贤臣。晚年的他不再挂念世事，而是专心参禅，不理俗世。后世的人把他称为"诗佛"。

终南望馀雪

祖咏年轻时去长安参加考试，考题是以"终南望馀雪"为题，写一首六韵十二句的五言律诗。祖咏看完题目后开始答题，写下了四句就再也无法落笔，于是直接交卷。考官看了后，让他按照要求续写。但祖咏认为这四句已经表意完整，若强行续写有画蛇添足之感，便拒绝了，惹得考官很不高兴。这次考试祖咏成绩怎样我们不得而知，只知道他在开元十二年（724）中了进士。

终南阴岭秀，

积雪浮云端。

林表明霁色，

城中增暮寒。

馀雪：指未融化的雪。馀，通"余"。

阴岭：北面的山岭。

林表：林外，林梢。

明：被照亮。

霁色：雪后转晴的天色。

译 文

从长安望见终南山北面的山色秀美，山上的皑皑白雪与天上的浮云相连。林梢被雪后初晴的日光映照得格外明亮，傍晚时分的长安城中又增添了几分寒意。

诗人介绍

祖咏，唐代诗人。年少时就很擅长诗歌的创作，极富文才。他中了进士后长期未被授官。好不容易入了仕，又遭到贬谪，仕途失意，后归隐。他与王维的关系很好，同样擅长写山水诗。其诗作语言简洁、意蕴深厚，《终南望馀雪》是他的代表作。

赏析　诗人在这首诗中描写了终南山的雪景和雪后增寒的感受。他首先写了从长安城中远望终南山的印象，然后写终南山因高出云端，山顶上的积雪仿佛浮在空中。随后诗人描绘了夕阳的余光染红林表的美景，最后写他因望见终南山余雪，到了日暮时分，感到城中的寒意更重了。诗句平易自然，清新明朗。

拓展延伸

● 长安城内能看见终南山余雪吗？

诗中的终南阴岭，指的是终南山的北面山岭。终南山属西安南面秦岭山脉，诗人所处的长安（今西安）看到的自然是北面的山岭。山岭南北面因为日照时长的不同，积雪的融化速度也不同。山岭南面被太阳直射的时间长，积雪融化得快；而山岭北面被太阳照射的时间比较短，积雪融化得慢。所以，诗人在长安应能看见终南山的余雪。

下完雪放晴的时候，还是能看清它真面目的。

◉ "霁"的意思

在古代，"霁"有两种用法，一种是用来表示雨停、雪停或怒气消散，另一种则是做形容词，有"明朗"的意思。

在《韩非子》中，有"雨霁日出"一句，意思是雨停之后太阳出来。而在《淮南子》中又有"气霁雪霜不霁，而万物燋夭"，这里的"霁"则表示雪停。雪停之后往往会开始融化，在这个过程中空气中的热量被吸收，使得雪融化时反而比下雪时更冷。至于"霁"表示怒气消散的例子，《新唐书》中有一句"帝色霁，乃释寰"，指的是皇帝的怒气消散，脸色变好了。

当"霁"表示明朗的含义时，我们可以记住"光风霁月"这个成语，它是指雨过天晴时明净的景象，常被用来形容人品质高尚，胸怀磊落。

化雪比下雪的时候冷多了。

游终南山

　　唐代诗人孟郊可以说是命途多舛。他出身清贫之家，遭受了贫穷、饥寒之苦；他在科举考试上也不太顺利，到了四十多岁才考中进士，踏上仕途后也并不称心。后来又遭遇丧子之痛，身心备受折磨。当游历终南山时，他被险绝壮美的景色所触动，有感而发，写下了《游终南山》这首诗。诗中流露出孟郊对自己人生之路的追悔，以及对追求功名利禄的厌倦。

功名都是浮云，
还不如来终南山……

孟郊

南山塞^{sè}天地，日月石上生。

高峰夜留景，深谷昼未明。

山中人自正，路险心亦平。

长风驱松柏，声拂万壑清。

到此悔读书，朝朝近浮名。

塞：充满，充实。

夜留景：指黄昏过后仍可看见余日。

拂：掠过。

清：声音清脆。

朝朝：每天。

近：靠近，追求。

译 文

终南山如此高大，似乎塞满了天地，太阳和月亮像是从山石上升起。当山上其他地方被夜色笼罩，高高的山峰还留有余晖；当山上别的地方已经被阳光覆盖，南山的深谷依然幽暗。南山不偏不斜，居住在这里的人也爽直正派；南山山路陡峭，但这里的人心地平坦。一阵阵风吹过高山，使得松柏向一边倾斜，枝叶呼呼作响，清脆的声音回荡在千山万壑。来到终南山见到如此壮美的景色，我真后悔当初一味读书，天天追求那些虚名浮利。

诗人介绍

孟郊（751—814），字东野，唐朝著名诗人。因为诗中多反映民间苦难和世态炎凉，所以有"诗囚"之称，与贾岛并称为"郊寒岛瘦"。他出身清贫，生性孤僻，爱好写诗。四十多岁时他才考中进士，当了个小官。在仕途方面，孟郊没有什么成就，但他写的诗歌现存500多首，算是同时代的高产诗人了，代表诗作有《游子吟》《登科后》等。

这首诗的重点在于描写"游"终南山的感受。只有走入大山，才能领悟为何终南山能够"塞天地"；只有身在山中，才看得到日月如何在南山之石上冉冉升起。诗歌将昼景与夜色共存，是体现南山的高耸；赞美山中人正心平，是暗示山外人邪心险；诗人享受终南山的万壑清风，是表达对长安的纷扰尘俗的厌恶。

拓展延伸

● "驱""拂"的妙用

在这首诗中，"驱""拂"使用了拟人的修辞手法。大风驱使松柏倒向一侧，"驱"传神地写出了风吹松柏的形态。而声音是无形的，"拂"字就将无形化为有形，形象地展现了声音清脆激越，回荡在千山万壑之间的景象。

看到了吗？这就是长风驱松柏！

◉唐代的科举

在唐代，如果想要通过科举入仕，首先要由地方"举送"，再以举人的身份参加进士科的考试。要想顺利通过，需要请当时很有名气的人向考官推荐，通过之后就是进士了。进士及第后，没有授予官职的叫前进士，需要参加吏部"博学宏词"或者"拔萃"之类的考试，通过了才有官职。这些考试通常每年都会举行。此外，唐代还有考期不固定的"制举"，制举由皇帝亲自出题，一般用来选拔特殊的人才。

览胜手记

片段一

"中岁颇好道，晚家南山陲。"终南山是我国有名的隐士之山，古代一直有"天下修道，终南为冠"的说法。终南山风景幽静旖旎，气候适宜，确实很适合修行。现在，在终南山上，依然居住着不少"修道者"。修道者的生活是很艰苦的：他们住在山洞、土坯房或简陋的茅屋里，靠柴火取暖过冬，物质上要忍受着一般人无法忍受的清苦。不管这些修道者是不是为了"终南捷径"，我对他们的做法都表示尊重。

片段二

一场大雪过后，天终于放晴了。房屋、树木上都铺上了一层白雪，雪花闪着银光，万里江山变成了银装素裹的世界。我不禁想到《终南望馀雪》中的"林表明霁色，城中增暮寒"。虽然冷，我还是没忍住跑进雪地里，近距离赏雪。松树上挂满了白茸茸的雪球，微风吹过，树枝一颤一颤的，仿佛在向我点头问好。花坛里，本来已经叶枯花落的各种树木，这时候又开满了朵朵"白花"。脚踩在雪地上，发出"咯吱咯吱"的响声，身后留下了一串清晰的脚印。风吹来，树上美丽的银条和雪球儿就簌簌地往下落，玉屑似的雪末儿随风飘扬。用不了多久，洁白的雪会化成汩汩清泉，去滋润万物，奏响春天的赞歌。

北固山

站在北固楼上，能看到更多的景色啊！

北固山有一座历史悠久的铁塔，是重要的文物。我们去找找看。

北固亭又叫祭江亭，相传孙夫人听闻刘备兵败身死后，悲痛之下在此处投江殉情。

我想去看北固亭，当年辛弃疾在那里写了很有名的词作。

北固山位于江苏省镇江市，以北临长江、形势险固而得名，又因三国历史典故而扬名，有"天下第一江山"的外号。虽然它高不足百米，但矗立在平坦开阔的江面显得雄伟高峻。北固山上有众多名胜古迹，风景优美。

北固亭

　　北固亭是位于北固山山顶的一座石柱方亭，也称祭江亭、凌云亭或临江亭。称凌云亭是因为亭子处在北固山最高点，好似与蓝天白云相接。而称临江亭则是因为它面朝滚滚长江。

　　我们现在看到的北固亭是明朝时期的建筑，亭名"祭江亭"，四根石柱上还刻有楹联，亭内则设有石凳，供游人休憩、观景。北固亭之所以如此有名，除了与三国故事有关外，还有南宋爱国词人辛弃疾的功劳，他的两首词作增加了北固亭的名气。

铁　塔

在北固山后峰，有一座历史悠久的四层铁塔。唐朝李德裕修建了一座石塔，用于祈福，后毁坏。北宋时被改建为铁塔，后损毁。后来，铁塔经过多次维修、重建，就成了如今我们看到的模样。现在的铁塔有四层，塔身有庄严精美的图案，体现了我国古代高超的冶铁技艺。这座铁塔是我国现存的古代珍稀铁塔。

试剑石

北固山上有一块平整如削、一分为二的巨石，叫试剑石。这块石头是火山爆发时岩浆喷出地表而形成的火山岩，质地坚硬，多裂缝，又经过长时间的风化、剥蚀，最终变成了现在的形状。它是大自然的杰作，民间也流传着关于它的传说。

相传，在孙刘联姻弄假成真之后，一次孙权和刘备来到凤凰池游玩。刘备看到池边有一块大石头，就拔出宝剑，心想："如果我能顺利返回荆州，成就霸业，那就剑下石裂；如果我死在此地，就劈石不开。"接着他手起剑落，大石头被劈裂了。孙权见状，问刘备："你为什么恨这块石头？"刘备随口回答："我年近半百，却还没有为国清除贼党，十分愤懑。这次被国太招为女婿，实在是我的荣幸。我心中向上天请示，如果能破曹兴汉，就让我劈开这块石头，没想到真的如愿了。"孙权听了，也拔出宝剑，对刘备说："我也来试试，如果能大破曹军，就会劈开石头。"其实他心中真正的愿望是再次夺取荆州。接着，孙权挥剑，劈开了另一块大石头。两人都暗自高兴。

"刘备招亲"的故事

在三国时期，江苏镇江属于东吴的中心领地，这里流传着很多三国故事。其中最著名的就是"刘备招亲"。

赤壁之战后，刘备没有向东吴归还荆州。于是，周瑜向孙权献上"美人计"：以孙刘联姻为名吸引刘备前来，然后扣留刘备作为人质换取荆州。

刘备的军师诸葛亮将计就计，派赵云陪同刘备到北固山甘露寺招亲，并暗中促使吴国太（孙权的母亲）来相婿。吴国太见到刘备后极为满意，立马答应将女儿孙尚香嫁给刘备，使得孙刘联姻弄假成真。周瑜计策落空，索取荆州也失败了。

这个女婿不错！

这则故事衍生出了一个成语——赔了夫人又折兵。现在一般用这个成语来比喻某人本想占便宜，结果不但没能如愿，还遭受了损失。

榜上有名

北固山是著名的旅游胜地。早在南北朝时期，就有皇帝为它赋诗，唐朝的李白也称赞这里风景如画。宋代，这里更是大师云集，如欧阳修、苏东坡、辛弃疾、陆游等人，创作了一批成就极高的作品。北固山象征了宋词的辉煌成就，是名副其实的中国"宋词第一山"。

排 行 榜

《永遇乐·京口北固亭怀古》	辛弃疾
《南乡子·登京口北固亭有怀》	辛弃疾
《次北固山下》	王 湾

永遇乐·京口北固亭怀古

公元1204年，在当时南宋抗战派首领韩侂（tuō）胄的主张下，六十多岁的辛弃疾再次担当要职。本该是大显身手的时候，他的意见却并没有引起当权者的重视。第二年他又受命担任镇江知府。他来到京口（今江苏镇江）北固亭，感慨万千，就写下了这首佳作。

人虽老，但爱国之心永不老！

辛弃疾

千古江山，英雄无觅，孙仲谋处。舞榭歌台，风流总被，雨打风吹去。斜阳草树，寻常巷陌，人道寄奴曾住。想当年，金戈铁马，气吞万里如虎。元嘉草草，封狼居胥，赢得仓皇北顾。四十三年，望中犹记，烽火扬州路。可堪回首，佛狸祠下，一片神鸦社鼓。凭谁问：廉颇老矣，尚能饭否？

永遇乐：词牌名。

京口：今江苏镇江。

孙仲谋：三国吴主孙权，字仲谋。

榭：建在高土台上的木屋。多为游观憩息之所。

寄奴：南朝宋武帝刘裕的小名。

元嘉：南朝宋文帝刘义隆的年号。

草草：轻率。

封狼居胥：比喻建立显赫功绩。

赢得：剩得，落得。

北顾：败逃中回头北望。

四十三年：诗人抗金的往事已经过去四十三年了。

佛狸：北魏太武帝拓跋焘的小名。

神鸦：指吃祭品的乌鸦。

社鼓：社日祭祀土地神时的鼓声。

廉颇：战国时赵国名将。

译 文

　　江山千古依旧，像孙仲谋这样的英雄，却已无处寻觅。无论是舞榭歌台，还是英雄风韵，总是被风雨无情地吹打离去。斜阳照着满地草树，这样的普通小巷，人们说是南朝宋武帝曾住过的地方。遥想当年，他指挥着强劲精良的兵马，收复万里失地的气势好似一头猛虎。南朝宋文帝轻率出兵，想要建立不朽战功，却落得个仓皇逃命、北望追兵的下场。四十三年过去了，我还记得那时候的扬州战火连天。真是不堪回首，如今拓跋焘的行宫处，神鸦的叫声与祭祀的鼓声相互应和。还有谁会问：廉颇将军已经老了，他的身体是否还强健？

诗人介绍

辛弃疾（1140—1207），字幼安，号稼轩，是南宋著名将领、豪放派词人，有"词中之龙"的称号。辛弃疾一生力主抗金，因此遭到主和派的排挤，还被弹劾降职，最后只能退隐。辛弃疾把自己壮志难酬的悲愤和对国家兴亡、民族命运的忧虑，都写进了词作中。其代表作有《水龙吟·登建康赏心亭》《永遇乐·京口北固亭怀古》等。

赏析 虽然南宋朝廷积极筹划北伐，但主将韩侂胄急于建功立业，并没有重用辛弃疾。辛弃疾只能寄情于词，表明自己渴望为国效力但反对冒进误国的立场。在这首词中，他活用了各种历史典故，将写景、抒情、议论密切结合，使得全词豪壮悲凉。

拓展延伸

◉词中的典故

辛弃疾喜欢在作品中用典故，而且用得都很妥当。在这首词中，辛弃疾就提到了多个人物及事迹，一起来看看吧！

宋武帝：宋武帝刘裕是南朝宋的开国君主。他两次北伐，先后收复淮北、山东、河南、关中等地，并光复洛阳、长安两都，是成功北伐收复失地的榜样之一。

宋文帝：北魏趁着宋武帝去世，占领河南多地。宋文帝刘义隆打算收复失地，但国力不如北魏，最终反被魏军长驱直入，攻占大片领土。

霍去病：西汉将军霍去病北征，大败匈奴军队。他打到了狼居胥山，并在山上举行祭天封礼，宣告此处为大汉领土。这就是"封狼居胥"的来历。

拓跋焘：拓跋焘是北魏的皇帝，在和宋文帝交手时，一路打到长江北岸，并在此建立行宫。后来，这所行宫被不知来历的当地百姓当成一般祠庙来祭祀。

廉颇：廉颇是战国四大名将之一，战功赫赫。廉颇被解除职位后，有一次赵王想任用他，便派使臣前去探望。廉颇当着使臣的面吃了一斗饭、十斤肉，又披甲上马，表示自己还有能力带兵打仗。但使者被人贿赂，便向赵王说了廉颇的坏话，导致廉颇没能再被任用。

南乡子·登京口北固亭有怀

　　北固山居高临下，易守难攻，可以很好地防备敌人的偷袭，是南宋的军事要塞之一。在担任江苏镇江知府后，辛弃疾常在空闲时登上北固山，在北固亭里远望长江。一次登亭后，辛弃疾词兴大发，于是写了这首词。

再写一首，这首的主角是孙权。

辛弃疾

何处望神州？满眼风光北固楼。

千古兴亡多少事？悠悠。不尽长江滚滚流。

年少万兜鍪，坐断东南战未休。

天下英雄谁敌手？曹刘。生子当如孙仲谋。

注 释

南乡子：词牌名。

神州：指中原地区。

北固楼：指北固亭。

兴亡：指国家兴衰，朝代更替。

悠悠：形容漫长、久远。

兜鍪：古代作战时兵士所戴的头盔，代指士兵。

坐断：坐镇，占据。

东南：指吴国当时处于东南方。

曹刘：指曹操和刘备。

敌手：能力相当的对手。

译 文

　　从哪里可以望见已经沦陷的中原地区呢？眼前只有北固亭一带的风光。千百年间的朝代更替、王朝兴衰经历了多少次呢？太过久远，如同无尽的长江水奔流不息。年少时期的孙权统领万军，坐镇东南连年征战。天下英雄中还有谁是孙权的对手？大概只有曹操和刘备。难怪曹操会说，生儿子就该生个孙权那样的。

赏析　　这首词通过三问三答的形式互相呼应，意境高远。与《永遇乐·京口北固亭怀古》相比，虽都是怀古伤今，但这首词选择把年少时期的孙权作为英雄来颂扬，词作风格更加明快。孙吴占据东南的形势与南宋较为相似，而辛弃疾这样热情地赞颂孙权，正是对苟且偷安的南宋朝廷的指责。

拓展延伸

● "生子当如孙仲谋"

"生子当如孙仲谋"出自《三国志》一书中的濡须之战。

公元213年，曹操率军进攻濡须口讨伐东吴，孙权亲自带兵反击，打得曹军不肯应战。后来孙权亲自驾船前来试探曹军，船行驶到距离曹营五六公里的位置停下，并下令吹奏军乐以示军威。曹操见孙权的军队如此整肃，军纪如此严明，非常佩服他治军有方，不禁感叹道："生子当如孙仲谋，刘景升儿子若豚犬耳！"（刘景升，三国群雄之一。在此曹操是讥讽他的儿子愚蠢平庸。）

好小子，生子当如孙仲谋！

孙权迁都

孙权执掌江东政权50多年，执政期间他一共迁都4次。

最开始，孙权为了谋得荆州，从吴郡搬到北固亭所在的京口。赤壁之战之后，孙权怕曹操卷土重来，又搬到了建业（今南京）。孙权夺得荆州后与蜀国决裂，便迁都武昌，对抗蜀国。直到吴蜀重新结盟，孙权称帝，他又搬回了建业，而南京"六朝古都"的辉煌也由此展开。

咱们又要搬家啦！

次北固山下

唐代诗人王湾是北方人，他经常来往于南北方，对南方的秀美山水很是喜欢，写下不少歌咏之作。有一年，在即将入春的时候，诗人乘船沿长江东行，途中将船停泊在北固山下，写下这首《次北固山下》。

王湾

江南的春天来得真早！

客路青山外，行舟绿水前。

潮平两岸阔，风正一帆悬。

海日生残夜，江春入旧年。

乡书何处达？归雁洛阳边。

注 释

次：停宿。

客路：旅途。

风正：顺风。

悬：挂。

海日：海上初升的太阳。

残夜：夜将尽未尽之时。

江春：江上的春天。

乡书：家信。

译 文

旅客行路在青山之外，船只航行在绿水之间。潮水涨满，两岸与江水齐平；江面十分开阔，顺风行船，船帆垂直悬挂。夜幕还没褪尽，海面已升起一轮红日；江上的春意来得很早，旧年还未过去新春已经来到。家信寄去哪里呢？希望北归的大雁帮我捎到洛阳。

诗人介绍

王湾，洛阳人，唐代诗人。他担任过荥（xíng）阳主簿、洛阳尉的官职，对南朝梁、齐以后诗文集的编校有很大贡献。因为喜爱南方山水，他时常往来于吴楚之地。受吴中诗人诗风的影响，他的诗歌大多为歌咏江南山水之作，其中《次北固山下》一诗是他的代表作，诗中"海日生残夜，江春入旧年"两句是历代文人学习的典范。

赏析 诗人在冬末春初时停留于北固山下，他用诗句描绘了所见到的青山绿水、潮平岸阔等壮丽之景，同时抒发了思乡之情。诗歌开头以对偶句表现诗人漂泊羁旅的状态，接着诗境因"潮平""风正"二句而变得恢宏阔大，随后写拂晓行船，表现时序的交替。最后诗人见雁思亲，情感表达自然真切。

拓展延伸

● "阔"字的妙用

诗人在船上看到长江水波激荡，潮水涌流，江水差不多和江岸齐平，显得江面广阔浩渺。用"阔"字既写出了江水的气势浩荡，又表现了大地回春、冰雪消融、视野开阔的景象。

视野开阔，适合赏景！

◉ "海日生残夜，江春入旧年"的深意

诗人用"日"与"春"象征新生的美好事物，并且用"生"字和"入"字将它们拟人化。从大海中孕育出的旭日，将黑暗驱尽；江上景物带来的春意，闯入旧年，驱散了严寒。这句诗表明了时序交替，蕴含着新事物将代替旧事物的道理。

◉ 盛唐之诗

据说，唐朝的宰相张说特别喜欢《次北固山下》这首诗，还向大臣们宣扬这首诗中蕴藏着蓬勃生机，并以此来表达自己改革的魄力。他还把自己书写的"海日生残夜，江春入旧年"挂在大臣们的"办公室"中，使得这首诗成为盛唐的代表诗篇之一。"海日生残夜，江春入旧年"是对一个时代的小结，预示旧时代的结束、新时代的开启。盛唐，如同诗中的海日与春天一样充满生机，而平缓向前的行船也是盛唐稳步发展的体现。

我带了一联诗，给大家展示一下，作为本次会议的暖场活动。

览胜手记

我们沿着弯弯曲曲的东吴古道，不知不觉来到了北固亭。据说刘备的三夫人孙氏就在此遥祭亡夫，投江自尽，此地便得名"祭江亭"。祭江亭中有一些游人，他们大多坐在石凳上休息。我的注意力被亭子的四根石柱吸引，只见前两根石柱上分别刻着"客心洗流水""荡胸生层云"，前一句出自李白的《听蜀僧濬弹琴》，意思是听了美妙的琴声后，心像被流水洗过一般轻快；后一句则出自杜甫的《望岳》，意思是山中升腾的层层云雾，涤荡着我的心灵。至于后面两根石柱上的"此身不觉出飞鸟""垂手还堪钓巨鳌"，出处就不得而知了。

说起古代文人，我们脑海中会浮现出温文尔雅、羽扇纶巾的形象。他们会写诗、能填词、擅书法，但要让他们征战沙场、过关斩将，那估计大部分人得露出一副"秀才遇上兵"的滑稽模样了。不过，有一个人不仅作诗填词的能力非凡，还能在战场上屡屡杀敌，被后人称为"词中之龙"，他就是辛弃疾。

辛弃疾最大的梦想就是为国收复北方的失地。但遗憾的是，南宋的统治者为了自身利益，只求苟安于江南的半壁江山。"四十三年，望中犹记，烽火扬州路。"他本想驰骋沙场，却只能无奈地提笔，写下一首首悲壮苍凉的诗词，给后人留下一声声充满遗憾的叹息。